내 딸이 ———————— 왕 따
가해자
입니다

MUSUME GA IJIME O SHITEIMASHITA

©Shugo Siroyagi 2023

First published in Japan in 2023 by KADOKAWA CORPORATION, Tokyo.

Korean translation rights arranged with KADOKAWA CORPORATION, Tokyo

through Eric Yang Agency Inc, Seoul.

내 딸이 ——————— 왕 따
가해자
입니다

글·그림 **시로야기 슈고**

옮김 **정지원**

《내 딸이 왕따 가해자입니다》를 전국 학부모 필독서로 정하면 좋겠습니다.

대부분의 부모들은 내 아이가 피해자가 된다면 어떡하지? 조바심을 냅니다. 학교 폭력, 왕따 피해자가 넘쳐나는 시대입니다. 피해자가 많은 만큼 가해자도 많습니다. 내 아이도 언제든지 가해자가 될 수 있습니다. 나에게 이런 일이 닥친다면? 어떻게 행동해야 할까? 믿고 싶지 않겠지만, 구체적으로 상상해 볼 필요가 있습니다.

이 책은 가해자와 피해자 가족의 시점에서 왕따 사건을 다루는데, 가해자와 피해자의 심리를 너무나도 생생하게 잘 표현해서, 어른도 아이도 단숨에 읽게 됩니다. 그리고 피해자와 가해자의 의자에 앉아 심리극을 체험하게 합니다. 묵인했을 뿐 가해자는 아니라고 생각하는 비겁한 동조자들, 부모라는 이유로 공범이 되어버린 가해자 부모의 마음, 피해자의 고통…… 그들의 심리를 체험하다보면 자식을 어떻게 키워야 할지 깨닫게 됩니다.

왕따를 당해서, 학교 폭력에 노출되어서 얻게 된 트라우마는 몇 년 동안 지속될까요? 얼마 전 나온 연구 결과를 보면 '최소 40년은 간다'고 합니다. 트라우마에는 유통기한이 없습니다. 우리가 간과하면 안 되는 것이 또 하나 있는데, 어쩌면 내 아이가 가해자인데도 그걸 전혀 모른 채 '내 아이는 활발하게 학교생활을 잘하고 있어', '학교 폭력? 왕따? 내 아이랑은 아무 상관 없어', '내 아이는 친구들과 잘 지내, 인기 많아' 이렇게 오해하고 있는 부모님들도 많습니다. 내 아이는 피해자가 될 수도 있고 가해자가 될 수도 있습니다.

내 아이도
가해자가 될 수 있다는 자각

내 아이가 가해자인 경우 어떤 고민을 해야 할까요? 청소년기에 가해자가 되어 인성이 한 번 마비되면 평생동안 인격 장애를 가진 사람으로 살게 됩니다. 자기 명령을 따르는 친구들 위에 군림하는 쾌감을 한 번 경험해 본 아이들은 갑질의 쾌감에서 벗어나질 못하고 폭력에 중독되는 경향을 보입니다. 성인 범죄자들 이상으로 힘과 폭력을 마음껏 휘두르기도 합니다. 저는 소년원 아이들의 상담과 교육을 위해 소년 재판정에 자주 나갑니다. 거기서 가해자 아이들을 만나게 되고, 가해자 부모들도 만납니다. 공부를 못하는 아이들만 학교 폭력의 주동자일까요? 아닙니다. 몇 년 전에, 늘 전교 3등 안에 드는 여학생이 가해자로 재판정에 선 적이 있습니다. 그 학교 선생님들의 대부분이 이 가해 학생을 위한 탄원서를 써서 보냈고, 가해 학생의 부모는 판사 앞에서 자신 있게 말했습니다.

"우리 아이는 모범생이에요. 공부를 정말 잘해요. 어쩌다 친구들끼리 싸우다가 이런 일이 벌어졌나 본데 이제 반성하고 안 그럴 거예요."

내 자녀를 가장 모르는 건 부모 자신이었습니다. 청소년기에 이 폭력을 멈추지 않으면 평생 인격 장애자로 살 수도 있습니다. 10대는 인격과 인성이 형성되는 중요한 시기입니다. 성폭력, 학교 폭력 문제에 있어서 가치관이 성립되는 시기이지요. 특히 남자아이들은 학교 폭력에 중독되면 성폭력으로 나아가는 데 주저함이 없습니다.

우리나라 법은 미성년자 초범에게 너무나 관대합니다. 반성문을 쓰고 합의하려는 기짓 노력만 보이면, 소년 법정에서 "선처해 주세요"라며 무릎 꿇고 눈물 연기를 잘하면 관대한 용서를 받는 사례가 많습니다. 소년원에 잠깐 다녀오거나 보호관찰을 받으면 전과가 남지 않기에 사회가 너무나 쉽게 자신들의 범죄를 용서한다는 것을 학습할 뿐이고, 또 쉽게 재범으로 이어지는 것입니다.

내 아이가 가해자라면 진심으로 그 아이와 함께 반성하는 시간을 보내야 합니다. 아이의 인격이 회복되고 건강한 성인으로 자랄 수 있게 도와주어야 합니다. 나는 가해자 부모를 상담할 때 꼭 부탁하는 것이 있습니다. 아이와 부모가 무릎 꿇고 마주 앉으시라. 그리고 아이에게 말씀하시라고.

"내가 너를 잘못 키웠구나! 네가 폭력에 쾌감을 느끼는 아이로 자랐구나. 내 잘못이다. 아이야, 우리 정말 반성하는 시간을 보내자. 그리고 우리 진심으로 용서를 빌자."

내 자녀에게 이렇게 말할 수 있는 부모가 되어야 합니다.

'피해자다움'이란 없습니다.

학교 내에는 뒤바뀐 피해자와 가해자가 너무 많습니다. 피해 학생을 최우선으로 보호해야 하는데도 불구하고 피해 학생이 혼자 숨어서 울 수밖에 없는 사회 분위기가 조성되는 건 마음 아픈 일입니다.

우리 사회는 피해자들에게 피해자다움을 강요할 때가 많습니다. 그래서 우리는 피해자의 마음을 공부해야 합니다. 폭력 피해자를 대하는 가장 좋은 태도는 존중, 배려, 공감입니다.

"너 정말 힘들었지? 얼마나 힘든지 말해도 돼. 어떻게 도와줄까?"

이런 자세로 피해자들을 대해야 한다는 걸 우리는 잊어서는 안 됩니다. 폭력에 관용은 없어야 합니다. 같이 자식을 키우는 입장이라고 생각하고 너무 관대하게 용서해주지 않아야 합니다. 공정함의 가치를 가해 학생도

깨달아야 그 아이도 잘 클 수 있습니다.

　피해자와 가해자, 모두를 잘 키워내는 게 부모의 의무입니다. 이 책을 읽으면 어떻게 키워야 할지, 답을 찾을 수 있습니다.

박상미

박상미 교수
《마음근육 튼튼한 내가 되는 법》저자 / 한국 의미치료학회 부회장 / 힐링캠퍼스 더공감 학장

○ **차례**

○ 등장 인물 소개

마바 지하루

40세 여성. 사무직.
가정에서 교류가 많은 편이다.

아카기 가나코

39세 여성. 사무직.
중학생 시절 왕따를 당했던
경험이 있다.

마바 다이키

43세 남성. 회사원.
지하루의 남편

아카기 유스케

40세 남성. 회사원.
가나코의 남편

마바 고하루

마바네 장녀. 초등학교 5학년.
어른스러운 성격의 소유자.

아카기 마나

아카기네 장녀. 초등학교 5학년.
활발한 성격의 소유자.

제1장

내 딸은 왕따 가해자입니다

무슨 자신감으로 그런 말을 하는지….

아이한테 스마트폰 주는 부모들도 있잖아.

나는 그것도 이해 못 하겠어.

스마트폰?

아카기 마나

앗.

뭐야? 왜? 무슨 이야기 하고 있었는데?

아무것도 아니야.

시오리가 같이 동영상 찍자고 그러던데.

마나한테 스마트폰은 아직 일러.

5학년 올라가면 사준다고 아빠가 그랬잖아.

씻고 올게.

시오리가
누구더라?

…

응? 누군지
몰라?

5학년 때부터
같은 반이잖아.

딸아이는 학년이 올라갈수록
내가 모르는 친구들이 많아졌다.

고하루도
같은 반이지?

손을 덜
타게 된 만큼

응.

뉴스

초등학교 5학년 자살

모든 일에
일일이 관여하지는 않다 보니

저학년 때
사이 좋았잖아.

어느새 모르는 일 투성이다.

그랬나?

왠지 모르게 쓸쓸하기도 하다.

u Tube

마나야.

학교에
왕따는
없지?

없어.

왜?

뉴스 보다 보니 너희는 어떤가 해서.

우리 반은 다들 사이좋아.

그래, 별일 없을 거야.

그러면 다행이고.

적어도 우리 아이는 그런 사건이랑은 상관없어.

마바 집

다음 뉴스 입니다.

마바 지하루

엄마.

아직 안 잤네? 잠이 안 와?

마바 고하루

나 있잖아.

…

응?

아, 개운해.

마바 다이키

드르륵

아무것도 아니야.

안녕히 주무세요.

응? 그래… 잘 자렴.

잘 자.

안녕히 주무세요.

고하루야.

잠깐 바람 쐬고 올까?

학교는
요즘
어때?

친구들이랑은
친해졌어?

응.

그래.
대단하네.

엄마는
어릴 때 고민
많이 했거든.

4학년 때는 골고루
잘 지내던 친구들이
언제부터인가
그룹이 나뉘기도
해서 말이야.

엄마.

걱정해 줘서
고마워.
근데 괜찮아.

힘든 일
있으면
언제든지
말하렴.

엄마랑 아빠는
고하루 편이란다.

선생님이랑 친구들도
곁에 있으니까
혼자 고민하지 말고.

그러고 보니 그 친구,
이름이 뭐더라.

마나.
이번에도
같은
반이지?

어렸을 때
같이 잘
놀았잖아.

집에서도
마나 얘기
많이 하고
그랬는데.

그 친구도
있고.

고하루…?

25

고하루가 뭐래?

마나가 괴롭힌다고 하더라고…

마나가…

괴롭힌다니 어떻게?

무시한대.

그게 다야? 다른 말은 없어?

욕을 하거나 때린 건 아니고?

마나한테만 무시당하는 거래?

왜 그러는지는 모르고?

고하루가 먼저 시비를 걸었다던가.

물어는 봤는데 자세히는 말 안 해주더라고.

흠.

26

뭐 한창
친구들 문제로
고민할 시기일
수도 있고.

고하루가
먼저 얘기해
줄 때까지
기다리는 게
좋지 않아?

혹시
모르니까
학교에
연락해 둘까?

마나가 안
놀아준다고?

극성이라고
생각하시려나?

정말
왕따 당하고
있는지
확실하지는
않지만

조금만
신경 써 달라는
정도면 괜찮지
않을까.

응.
내일 아침에
전화해 볼게.

너무
걱정하지 마.
다들 싸우면서
ㅋㄱ 그러니까

다음 날 아침

다녀오겠습니다.

잘 다녀와.

일단은 괜찮아 보이는데

그래도 전화는 해볼까.

아, 바쁘신데 죄송합니다. 고하루가 말이죠…

네. 어제 그런 일이 있어서요…

그래서 말인데요, 고하루랑 마나 좀 지켜봐 주실 수 있을까요?

감사합니다. 잘 부탁드릴게요.

그래, 이 정도면 되겠지.

무슨 일이 생기면 연락을 주실 테고.

지각하겠다!

그 후로 며칠이 지났다.

학교에서 연락은 없다.

딸에게 물어보니
담임 선생님과 이야기는
나눴다는데

표정은 여전히 어둡다.

초조해지기 시작했다.

학교에서
먼저 연락을 줘야
하는 거 아닌가?

상대방 보호자에게 전화해 볼까도
생각했지만

마나 어머님

망설여졌다.

갑자기
전화 걸면
불편해
하시겠지.

지금은 괜히 나서지 않는 편이
좋을 것 같았다.

고하루는
그 후로
평소처럼
등교했다.

딸이 마나 이야기를 꺼내는
일은 없었고 내가 먼저 묻지도 않았다.

오늘도
일찍 퇴근해서
집에 와야지.

지금 내가
할 수 있는 일은
딸과 학교를 믿고
그저 기다리는
것뿐이다.

딸이 언제든 이야기할 수 있도록
최대한 곁에 있어 주기.
지금은 그게 최선이다.

그렇게 생각했다.

다녀왔니.

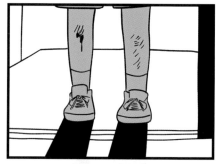

고하루네 어머님? 어쩐 일이시지….

안녕하세요. 오랜만이에요!

네?

네…. 알겠습니다.

네. 내일 오전에 꼭….

정말…. 정말 죄송합니다….

이게 대체 무슨 일이지….

갑자기 연락 하셔서는

마나가 고하루를 왕따 시킨다니….

말도 안 돼…. 아니야, 아닐 거야.

경황이 없어서 사과부터 했지만

마나한테 물어보기 전에는 모를 일이고.

고하루가 다쳤다고 하셨는데

무슨 사고가 있었나?

침착하자.

마나랑 얘기를 해 봐야지.

엄마 왔어.

다녀오셨어요.

오늘 학교 어땠어?

뭐, 맨날 똑같지.

맨날 똑같다니, 그게 뭐야.

누구랑 뭐 하고 놀았는데?

엄마야말로 뭐야. 평소에 그런 거 물어보지도 않으면서.

이런 거 물어보는 게 이상한가? 말하기 싫어?

딱히 이상하다는 건 아니고.

그럼 물어보고 싶은 게 있는데.

오늘 고하루랑
무슨 일 있었어?

딱히
아무 일도
없었는데.

그래?

거짓말이야.

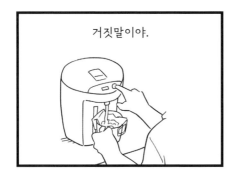

아무 일도 없었을 리 없잖아.
무슨 일이 있었으니까 전화를 하셨겠지.

이런 건 다 같이 있을 때
말해야 할 텐데.

여보 빨리 와.

당신이
필요해.

흐음.

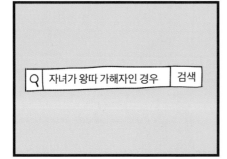

자녀가 왕따 가해자인 경우   검색

아, 내가 마나를 의심하네.

그야 그렇게 말하겠지.

아무 일도 없었는데.

자기가 왕따시켰다고 순순히 시인하는 사람은 없으니까.

모른 척하면 안 돼. 힘들더라도

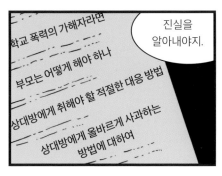

진실을 알아내야지.

학교 폭력의 가해자라면

부모는 어떻게 해야 하나

상대방에게 취해야 할 적절한 대응 방법

상대방에게 올바르게 사과하는 방법에 대하여

그런 순수한 표정으로 정말 그랬다면

무서워…. 소름 돋아….

어떡하지. 감싸주지 못할 것 같아.

침착하게 얘기하지 못하면 어떡하지.

제5화 널 그렇게 키운 적 없어

아빠 왔다.

분위기가 왜 이래.

오늘 저녁에 고하루 어머니가 전화를 주셨어.

마나가 고하루를 왕따시킨다고 말씀하시더라.

왕따라니…, 응? 그게 무슨 소리야?

고하루네 어머님이 말씀하시기에는 마나가 고하루를 무시하고 나쁜 말도 하면서 괴롭혔대.

오늘은 다쳐서 집에 왔고.

마나가 제일 나쁘다고 말씀하셨어.

내일 집에 와서
사과하라고
하시더라.

아니, 그게 무슨
소리야.
마나랑 얘기는 한
거야? 마나 얘기를
들어보기 전에는
모르는
일이잖아.

응, 그래서
마나한테 물어봤더니
아무 일도 없었다고
그랬거든.
무슨 일이 있었는지
사실대로
얘기해 줄래?

마나야.

무시를…,
하기는 했지만….

그렇지만 고하루가 먼저
방해해서 그런 거야.
다른 친구랑 얘기하는데
끼어들어서.

나쁜 말을
했다고?
짜증 난다고
한 거?

그 정도는 그냥
다들 하는 말이잖아.
그렇게까지
나쁜 말도 아니고.

그런 걸로
왕따시켰다고
하는 건
너무해.

그, 그래.
마나도 왕따가
나쁘다는 건
아니까.

일부러
친구를
괴롭히려고
그런 건
아니잖아?
그렇지?

다쳤다는 건?
고하루가
오늘 다치기까지
했다는 건….

어쩌다가
조금 부딪힌 거야.
그런데 자기 혼자
자빠지더니….

그래.
그러면
다행이네.

이미 벌어진
일은 어쩔 수
없지만.

나쁜
마음으로
그런 건
아니니까
다행이다.

그렇지,
여보?

뭐가.

뭐가 다행이라는 건데!

네가 무슨 짓을 했는지 알고는 있니?

너는 별생각 없었어도 상대가 괴로워하면 그게 왕따야!

게다가 너 아까 아무 일도 없었다며?

왜 거짓말 했는데!

엄마한테 혼날까 봐 숨긴 거 아니야?

어쩜 그렇게 아무것도 모른다는 표정으로.

들키지만 않으면 괜찮다고 생각했다니 끔찍하다.

그런 말을 하는 애를 어떻게 믿으라는 거니.

일부러 다치게 만든 건 아니고?

너 대체 뭐 하는 애니.

엄마는 널 그렇게 키운 적 없어.

하아

하아

훌쩍

훌쩍

어쨌든 내일 사과하러 갈 거니까 당신도 같이 가.

미안, 괜히 내가 쓸데없는 말을 해서.

네.

엄마 아빠도 사과할 거니까 마나 너도 네가 무슨 짓을 저질렀는지 잘 생각해 보고 제대로 사과하는 거야.

배고프다. 밥 먹자.

응? 어. 응.

〈 제6화 내 아이가 밉다 〉

마나 방

잠들었어.

미안. 나도 모르게
화만 내버렸네.

마나 말도 조금 더
들어줬어야 했는데….
내가 어떻게 됐나 봐.

아니야.
나야말로
당황해서
아무것도
못했는걸.

당신이
화내 줘서
고마워.

잘못된 행동은
제대로 훈육하는 게
마나를 위한
일이니까.

고마워.
나쁜 역할 해 줘서.

내 아이를 위해서.

그러한 이유만은 아니었다.

피해자인 척 눈물 흘리는 모습이 너무 미워서

그저 내 감정을 몰아붙였을 뿐이다.

게다가 그 표정.

죄책감 따위는 전혀 없어 보였다.

가해자의 표정.

내 아이가 밉다.

나는 중학생 때 왕따를 당했다.

누구에게도 말하지 못하고
혼자 고민했다.

왜 왕따를 시키는지.

왜 내가 왕따를 당하는지.

내가 무슨
잘못이라도 했는지.

내 탓인
것인지.

선생님께 말씀드려 지도를 해 주셨지만

그냥
장난친
거예요.

그 아이들에게 왕따란 그저
심심풀이였다.

당하는 사람의
심정 따위는 모른다.

냄새나.

학년이 올라가면서
자연스럽게 괴롭힘은 잦아들었다.

나는 그 아이들을
평생 용서하지 않을 것이다.

여전히 죽도록 밉다.

그 아이들이
불행하기만을 바란다.

아, 괜히 안 좋은 기억만 떠올렸네.

고하루도 마나가 끔찍하게 싫겠지.

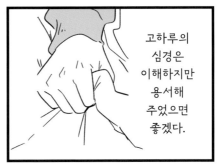

고하루의 심경은 이해하지만 용서해 주었으면 좋겠다.

잠이 안 와.

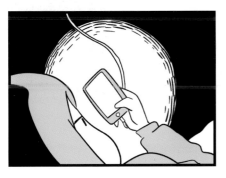

왕따를 시키는 원인 아이를 대하는 방법을 다시 한번 되돌아본다.

내가
잘못 키운
것일까.

오늘도 마나 이야기는
들어보지도 않고
그저 화만 냈다.

그런
것들이
잘못된
것일까.

남편은 마나 편을 들어줬는데.

나도 딸 입장에서 생각해 주어야
하는데.

가해자라도 이해해 주어야 하는데.

나는 오늘 그러지 못했다.

토요일 아침

고하루네 집으로
사과하러 간다.

오늘 이렇게 사과하러
갈 수 있는 이유는

마바 어머님이 거의
강제로 부르셨기 때문이다.

용서를
구할 수 있어
다행이다.

만약 보고 싶지도 않다며 내치셨다면
나는 정말 어찌할 바를 몰랐을 것이다.

왕따 가해자인 내 아이를
용서하지 못했을 것이다.

오늘로 마무리 지을 수 있다.
우리는 아직 괜찮다.

49

이런 때에 내 생각만 하고 있다니.

나였다면 가해자를 내쳤겠지.

거의 다 왔어.

내가 고하루라면 가해자의 얼굴 따위 보고 싶지 않았을 것이다.

내가 고하루의 부모라면 두 번 다시 내 아이에게 접근하지 말라고 했을 것이다.

왜 만나 주시는 걸까.

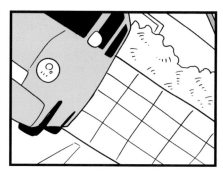

덜컥

이런 거 생각할 때가 아니지.

마나도 사과하라고 해야지.

성심성의껏 사과하고

딩동

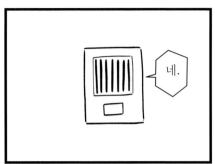

네.

아, 마나 엄마예요. 사과드리러 왔어요.

잠시만 기다려 주세요.

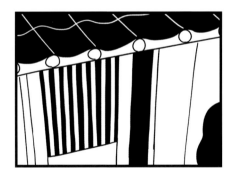

이렇게 와 주셔서 감사합니다.

마나도 오랜만이네.

저….

안에서 말씀 나눌까요?

저희 딸이 돌이킬 수 없는 일을 저질러서….

정말 죄송합니다.

따님에게는 뭐라고 사과해야 좋을지….

고개 들어주세요.

저도 어제는 너무 흥분해서. 갑자기 오시라고 해서 죄송해요.

아이들 사이에서 벌어진 일에 제가 나서버린 점도 죄송합니다.

아, 아니에요….

어머님께서
말씀해 주시기 전까지
마나가 그런 일을
저지르고 있으리라고는
상상조차 못했어요.

제가 제대로
가르치지 못해
이런 일이….

딸은
계속 혼자서
괴로워
했어요.

부모인 저희에게도
말하기 어려웠던 것
같아요.

걱정 끼치고 싶지
않았겠지요.

그 후로
방에서
나오지를
않네요.

사실은
전화도 하지
말라고
했거든요.

하지만 저도
어쩔 수 없었어요….
학교도,
다른 사람들도
도와주지
않으니….

어떻게 해야
고하루의 심정을
헤아려 줄 수
있을까요?

마나야.
고하루는 오늘 너랑
만나고 싶지 않대.

네가 한 일 때문에
고하루가 얼마나 힘들었을지
다시 한번 곰곰이 생각해 보렴.

〈 제8화 정말 죄송합니다 〉

이만
실례하겠습니다.

마나야
너도.

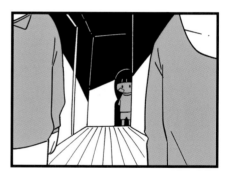

고하루가 나와 줬어.

마나랑 만나고 싶지 않다고 했는데.

어떤 마음으로
우리를
보고 있었을까….

아무리 반성하는 모습을 보인다 한들

당한 사람 입장에서는 알 바 아니다.
사과할 거라면 처음부터
그러지 말았어야지.

사과밖에 할 수 있는 게 없었다….

고하루가
학교에
나오지 않으면
어쩌지….

마나야.

어제 친구를 괴롭혔다고 솔직하게 고백한 건 잘한 일이야.

오늘도 미안하다고 제대로 사과한 거 대단하다고 생각해.

왕따는 물론 잘못된 일이고

고하루가 용서해 주지 않을지도 모르지만

마나는 사과할 줄 아는 아이니까

이제 같은 잘못은 하지 않을 거라 믿어.

아빠랑 엄마도 미리 알아주지 못해서 미안해.

제2장

사과로 끝낼 일인가요

8월 말 아카기네 집

이제 곧 여름 방학이 끝난다.

마나야. 내일부터 학교 가야지.

숙제는 다 하고 노는 거야?

다 했어.

준비물 확인하게 가정 통신문 좀 보여줘 봐.

포스터 그리기는 어떻게 했어?

대충 골라서 했어.

[포스터]

인권 포스터	4절지 종이에 ~마감 날짜
환경보호 포스터	4절지 종이에 ~마감 날짜
교통안전 포스터	4절지 종이에 ~마감 날짜
새 보호의 날 포스터	4절지 종이에 ~마감 날짜

※이 중에서 한 가지 고르세요.

발끈

보여줘.

아이참, 알았어.

고하루한테
나쁜 짓
했으니까.

그러면 안 되는
거라고 말하고
싶어서.

괜찮아…?

인권 포스터를
그렸구나.

네가 할 말은
아닌 것
같은데…

잘못한 사람은 반성하면 그것으로 끝이다.

잘못을 깨달아 다행이라고 미담처럼 이야기한다.

사과했다고 이렇게 끝내도 괜찮은 것일까.

고민한다고 해결될 문제일까?

싸아

소나기네. 마나 우산은 가져갔나.

#공유해_주세요

6월 말 마바네 집

고하루
아침 먹어야지.

바나나 주스도
얼른 먹으렴.

엄마
이제
출근해야
해.

턱

고하루.

들어갈게.

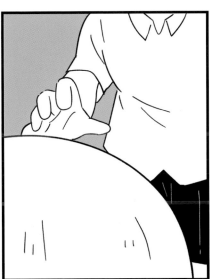

어디 아파?
오늘도 집에서
쉴까?

응.
배 아파….
미안.

아니야.
무리하지 않아도 돼.
학교에는
전화해 둘게.

탁

마나네 가족이
사과하러 온 뒤로
한 달이 지났다.

학교

고하루는 그날 이후로
학교에 가지 못했다.

학교에 나가지 못하자 며칠 동안은 담임 선생님께서 방과 후에 집까지 찾아와 주셨다.

고하루도 같이 이야기할 수 있을까요?

마나가 지금 많이 반성하고 있나 봐.

선생님은 이제야 마나와 이야기를 나눈 듯하다.

이제 용서하면 안 될까?

고하루는 아무 말도 하지 않았다.

고하루가 없을 때 이런 말씀을 하셨다.

마나 가족분들과 직접 이야기하셨다고 들었습니다.

사과하러 오셨던 거지요? 다행입니다.

말씀해 주셨으면 저도 왔을 텐데.

학교에서 대응을 해 주지 않았으니까요.

저희도 참을 때까지 참았던 거라고요.

그 뒤로 선생님의 발걸음은 끊겼고 전화로만 연락을 주셨다.

그리고 방과 후에는 같은 반 친구가 그날 나누어 준 가정통신문을 가져다 주었다.

나도 직장에 양해를 구하고 최대한 일찍 귀가했다.

집에 일찍 오는 날은 학교 진도에 맞추어 함께 공부했고

다음 날 등교할 준비도 했다. 고하루는 학교에 가려고 했다.

하지만 다음 날 아침에는 일어나지 못했다.

일어나렴. 늦겠다.

부담을 주면 다시 틀어박힌다.

다들 기다려.

학교에 가고 싶다는 마음은 분명 거짓이 아니다.

지금은 마음이 지쳐서 나오지 못할 뿐이다.

내가 이해해야 한다고 생각했다.

〈 제11화 남 일 〉

지하루의 직장

네?

자녀분이 학교에 안 다닌다고요?

대안 학교에 보내고 있어요.

완전히 안 다니는 건 아니고

공부는 열심히 하거든요. 이제 6학년이니 자기 선택은 존중해 주려고요.

어머, 그래요?

학교에서는 적응을 잘 못하는 것 같아서요….

공립은 그렇잖아요. 다양한 아이들이 있으니까요.

좋은 친구들과 만나려면 운도 좋아야 하고요.

아, 무슨 말인지 알 것 같아요.

자기 자식은 남다르다는 건지.

어느 학교에 보내든 상관은 안 하겠지만 하지 않아도 되는 말이 있잖아요.

아….

학교에서 적응하지 못하는 것도 알만 하죠. 부모가 저러니.

….

그러게요.

나 원 참. 왜 내가 눈치를 봐야 하는지….

지금 가장 힘든 건 고하루인데.

대안 학교….

나는 아무것도 몰랐네….

싸아

엄마 왔어.

다녀오셨어요.

있잖아.

엄마가 회사에서 들었는데 그 애도 학교에 안 가는데

대신 대안 학교라는 곳에 다닌대.

그러니까 혹시 고하루가

학교 가는 게 힘들면 견학이라도 가 볼까 하는데.

어때?

….

아직은 잘 모르겠지만 고마워, 엄마.

응.

아빠랑도 이야기해 볼 테니까 한번 생각해 보렴.

74

어때?
오늘은
학교 갔어?

그래.

이제 곧
여름방학인데
어떡하려고
그러는지.

그래서
말인데.

뭐?
학교에 안
보내려고?
그건 너무한 거
아니야?

마나랑
어색해졌다는 이유로
학교를 안 간다니….

그래서 앞으로
어떻게 키우려고.

너무
오냐오냐하는 거
아니야?

애당초
애들 싸움에
끼어드니까 이렇게
된 거 아니야.

애들
싸움이라니….

아니, 물론 내가 흥분해서 그랬을 수도 있지만 당신도 분명….

우리 둘 다 침착하지 못했던 건 사실이잖아. 그걸 내가 히스테리 부렸다고 말하면 안 되지.

그런가. 내가 그렇게 화를 냈어?

그렇지만 전화를 걸어서 일을 크게 만든 건 당신이잖아.

우선은 고하루랑 먼저 얘기를 해 봤어야지.

당신이 나서니까 고하루가 난처해진 거 아니야?

뭐야 당신…. 어떻게 그렇게 남 일처럼 말하는 거야….

남 일이 아니라 걱정하는 거지.

현실적으로 고하루의 미래를 생각하면 다른 방법도 있지 않을까.

나는 일이 늦게 끝나니까 당신한테 맡길 수밖에 없어.

이해 좀 해 줘.

여름 방학이 되자 딸은
조금이나마 편안해 보였다.

아침에 일어나기는 했지만

밖에 나가지는 않았다.

다른 애랑
마주치기
싫어.

좋았어!
다음
연휴에

멀리
놀러
가자!

나오니까
기분 좋지.
여기서는 다른
사람 눈치 볼
필요도 없어.

있잖아,
학교가
무서운 건
아빠도
이해해.

그렇지만 전학을 가거나 다른 데를 가더라도

또 다른 사람이랑 어울리면서 살아야 해.

이런 일로 도망치면 또 같은 일이 반복될지도 몰라.

계속 도망만 치면서 살 수도 있어.

그렇게 남들한테 뒤처지면 고하루도 속상하지 않을까?

남편은 남편 나름대로 딸을 위해서 하는 말이겠지.

그러니까 기운 내서 학교에 가자!

지금까지 몇 번이나 삼켜 왔던 말을

또 무슨 일 생기면 그때는 아빠가 혼쭐 내 줄게.

아무 일 아니라는 듯 말해 주었다.

그러지 않기를 바랐다.

남편에게 기댈 수는 없다.
내가 무슨 수라도 써야지.

오니시 씨.

대안 학교에 대해서
여쭤보고 싶은 게
있어서요.

딸에게
다양한
선택지를
주고 싶었다.

학교에 가지 못해 괴로워할 바에야

학교가 전부는 아니라는 사실을
알려주고 싶었다.

신경 쓰이네요.
대안 학교
이야기하시는 거.

그래도 저번에
공감해 줬잖아.

그냥
맞장구치는
거지요.

자식이 평범하지
않다는 게 어떻게
보면 불쌍하고
그러잖아요.

나는 딸에게 무엇을 바라는 것일까?

오니시 씨가 말씀하셨던 대안 학교.

이전처럼 밝게 웃기를 바란다.

멀지 않아서 등하교도 직접 시킬 수 있겠네.

밝은 미소를 위해서라면 어디든….
학교가 아니더라도….

팸플릿이라도 받아 볼까….

나는 딸이 다른 아이들처럼 평범한 학교에 다녔으면 좋겠다.

결국 학교는 그냥 지나쳤다.

고하루
어머니.

맞네, 맞아.

잘 지내셨어요?

시오리 어머님.
오랜만이에요.

아,
시오리네
어머님이네.

어떡하지. 괜히
신경 쓰시겠네.

그러고 보니
고하루 학원
바꾼 거예요?

어라….

한동안 학원
나오는 걸
못 봐서요.

시오리는 집에서
그런 이야기 별로
안 하나 보네.

아니요.

사실은.

말도 안 돼! 처음 들었어요!

마나가 그런 짓을 했다고요?

담임이 젊어서 불안하기는 했지만 이런 일이 생길 줄이야.

고하루 어머님, 제가 말하는 것도 이상하지만 고하루가 다쳤다면서요?

그거 명백한 범죄예요.

일부러 그런 게 아니라는 마나 말도 곧이곧대로 믿지 않는 게 좋아요.

그 나이 애들은 아무렇지도 않게 거짓말을 한다니까요.

우리 아이도 아무 말도 안 했고….

중얼 중얼

이 이야기 다른 사람한테 말한 적 있어요?

혼자서 고민하면 안 돼요!

아니요…. 말하기도 쉽지 않아서요.

저라도 괜찮으시면 이야기 들어 드릴게요. 언제든 말씀하세요!

감사해요….

나도 모르게 이런저런 이야기를 털어놓았다.

이런 행동이 나서는 것처럼 보이는 것일까.

시오리 어머님이 그렇게 화를 내주리라고는 생각지 못했다.

조금 후련해진 것 같기도 하고….

벌써 시간이 이렇게 됐네.

엄마 왔어.

늦어서 미안. 금방 밥 해줄게.

엄마.

83

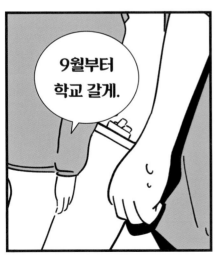

그, 그래!

고하루가 가고 싶으면 그렇게 하자!

그런데 갑자기 교실에 가기는 무서우니까 보건실부터 가도 돼?

그럼! 선생님께는 말씀드려 놓을게.

등교 시간도 늦춰달라고 하자.

그리고 있잖아, 학교 끝나고 아무도 없을 때 교실에 가 보고 싶어.

엄마가 교실 들어가는 연습 같이 해 줄래?

그럼, 물론이지.

그래! 이제 같이 준비해 볼까?

고하루의 마음속에서 무슨 변화가 생긴 것일까.

나도 모르는 사이에 마음을 다잡았는지

아니면 남편의 말이 가슴에 와닿았는지

그 계기는 전혀 모르겠다. 하지만 가슴이 벅차올랐다.

내 아이는 내 생각보다 훨씬 강했다.

내가 걱정하지 않아도 혼자 힘으로 나아갈 힘을 가졌다.

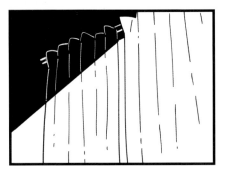

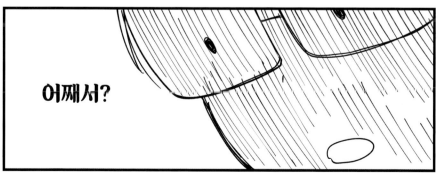

어째서?

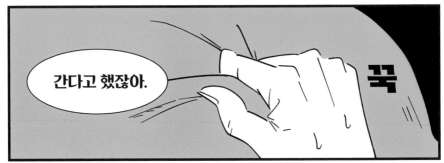

갈 수 있을 리 없는데.

멋대로 기대하고
딸에게 화풀이나 하고.

뭐 하고 있는 걸까,
우리 가족은.
바보도 아니고.

우리만 이렇게
엉망진창인 채
버텨야 하는 것일까?

맞아.

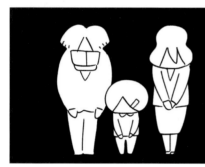

사과로 끝낼 일이 아니다.
우리는 제자리걸음만 하고 있다.

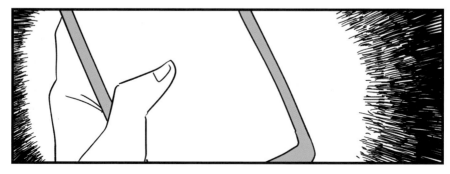

학교에 나오지 못하게

15 271

DO△ @DDꞯNꞯꞯNI
얘도 인생 끝났네

뭐야, 이게.
누가 이런 글을….

설마
고하루
어머님이?

아무리
그래도….
우선
지워야지….
어떻게
지우지….

그래,
경찰에

덜
컥

싸
아
아

?

뭐야?
표정이
왜 그래.

어….

아니….

비가….
많이 오니까.
걱정했거든.

완전
다 젖었어.

옷 갈아
입고 올게.

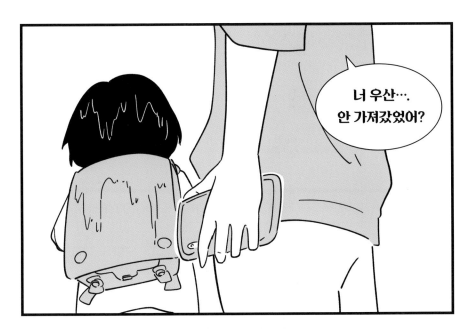

제3장

딸에 대해 아무것도 몰랐다

96

올 거야!
우리 약속했는 걸.

봐봐, 저기!
고하루 왔어.

아, 고하루 엄마예요.
괜찮으시다면
연락처 좀….

앞으로
잘 부탁드릴게요.

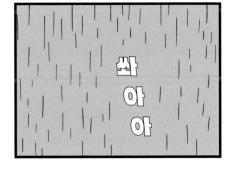

싸
아
아

대체 누가 이런….

이거 마나한테 말했어?

아니.

역겨워. 크큭.

쫓아가. 이런 애 용서하지 마.

얼굴 보니 성격 나빠 보이네.

왓따 가해자는 다 죽었으면.

이런 말도 안 되는 댓글을 어떻게 보여줘.

올린 사람…. 고하루 어머님이실까….

모르긴 몰라도 그러면 안 되지.

한 번 끝낸 일이잖아?

원하는 대로 사과도 했는데.

이제 와서 다시 문제 삼겠다고 인터넷에 올려?

다 끝난 줄만 알았다. 하지만 그저….

일방적으로 이러면 안 되지.

기억에서 지우려고만 했을 뿐이었다.

어쨌든 가만히 있을 수는 없잖아….

하루라도 빨리 일상으로 돌아온 척하면

지울 방법은 없는 거야?

시간이 지나면서 어떻게든 되리라고.

삭제 요청은 해뒀어.

이제 와서 이러면

고하루 어머니에게 전화도.

해 볼게.

우리더러 어떡하라는 거야.

죽어도 용서 못 해.

용서할 수 없겠지.

하지만 이렇게 나오는 건 아니잖아.

다음 날 아침 게시글은 삭제되어 있었다.

'아카기 마나'의 검색 결과가 없습니다.

게시자가 지웠는지 운영 정책 위반으로 삭제되었는지는 알 수 없다.

고하루 어머님에게 몇 차례 전화했지만 받지 않았다.

역시….

마나가 왕따 가해자라고 떠벌려졌다. 심지어 사진까지.

기호화되어 있기는 했지만 학교 이름까지 쓰여 있다.

세상 사람 모두가 그 글을 봤을 것 같다.

사람들의 눈이 무섭다.

마나야

엄마 잠깐 학교에 다녀올게.

아빠 오시면 먼저 밥 먹어.

마나야, 듣고 있어?

마나야.

응.

어휴, 참

회의는
여기까지입니다.

학부모 여러분,
그럼 운동회 당일에도
잘 부탁드립니다.

그럼
오늘은 이쯤에서…

선생님.

103

아, 네.
시오리 어머님.
말씀하세요.

선생님,
왕따 사건에 대해
알고 계시나요?

네?

**고하루
말이에요.**

고하루가
7월부터 학교에
나오지 못하고 있다고
들었어요.

저희 아이도
아무 말 안 하니
몰랐는데요.

며칠 전에 고하루 어머님과
만나 들어 보니
왕따를 당해서 그렇다고.

무슨 설명이라도
해 주셔야 하는 것
아닌가요?

학급을
담당하시는
선생님으로서
말이에요.

저…,
어머님.
여기서는.

선생님께서
이러시니 불화가
생기는 것
아닌가요.

인터넷에
동영상까지
올라오고.

그 사건은
아직 진위를
확인하고 있는
중이어서….

영상
보셨냐고요?
그게 전부
아닌가요!

저희도
불안하다고요.
아이들이 관련된
문제니까요.

학교에서 하루라도 빨리
조치해 주세요.

알고 있어.

시오리
어머님이

알고
있다고.

고하루 어머님이,
말씀하셨구나….

〈 제17화 왕따 동영상 〉

끔찍하다.
다들 알아버렸으니
앞으로 어떻게
얼굴을 들고
다니지.

인터넷에
동영상까지….

동영상?

무슨 말이지?

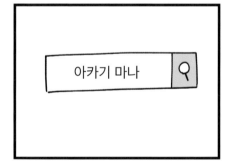

아카기 마나

아카기 마나

아카기 마나 왕따 사건
증거 영상도 있음.
#공유해_주세요

증거 영상도 있음.
#공유해_주세요

찍고 있어?
간다.

오늘의
영상은

어느 날 갑자기
죽은 사람이 됐다는
깜짝 카메라!

드 르 륵

키
득

키

얘들아,
갑자기 춥지 않아?

혹시
고하루 유령이
온 거 아니야?

고하루야,
어디 있어?

턱

안 보여!

하
하
하
하

하하하하

하하하하

어서 와. 이제 막 저녁 먹으려던 참인데….

철 썩

여보!

됐어.

다 필요 없어.

꼴도 보기 싫어.

역겨워.

7:30

엄마.

응. —

딸그락 딸그락

학교 가기
싫어.

나
요즘
왕띠당해.

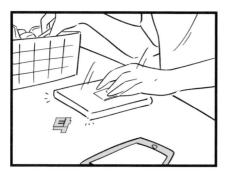

아, 그래.

자업자득
아닐까?

마바네 집

요즘 핸드폰
자주 보네.

누구랑
연락하는데?

그냥.
고하루 일로
상담 좀
하느라고.

당신은
상관없잖아.

그랬더니 아주.

여기서는 말하지 말라는 듯이 말이에요.

그걸 보고 너무 화가 나서.

그렇게 숨기니까 고하루 어머님만 힘들어진 거잖아요.

학교가 어떻게 나올지 모르겠지만 세게 나가야 한다니까요.

피해자가 학교에 못 나가고 전학까지 가는 건 말도 안 되잖아요.

가해자한테 징계를 주어야죠.

전학을 보내면 되잖아요.

제대로 죗값을 받게요.

고하루 어머님도 억울하시잖아요?

복수하고 싶으시잖아요!

저는…,
복수 같은 걸
하고 싶지는
않고요….

고하루가
이전처럼
학교에 가
주기만 하면….

물러
터졌네!

어머님도 동영상
보셨잖아요.

따끔하게 혼을
내줘야죠.

동영상이요…?

죄송해요.
잠시 화장실 좀.

으읍.

우
웨
에
엑

여름 방학이 끝나고

터벅터벅

고하루는 전보다
방에 틀어박히는 시간이 길어졌다.

내가 무슨 말을 할까 피하는 것 같았다.

고하루

고하루

고하루야

엄마 내일
학교에 다녀올게.

선생님들께
모르는 척하지
말라고 말씀
드리려고.

그러니 고하루도
하고 싶은 말이나
전하고 싶은 말
있으면
엄마한테 말해.

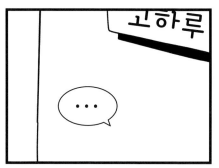

고하루

· · ·

무슨 일이 있어도
엄마가 어떻게든
해결할게.

당장 마나를 전학 보내 주세요.

저희 딸은 그 애가 무서워서 학교에 오지도 못하고 있다고요.

마나는 저희 측에서도 신중하게….

동영상 보셨나요? 그걸 보시고도 그 애를 감싸시는 거예요?

전학 보내기가 어렵다면 그 애가 고하루 눈에 들어올 일이 없게 해 주세요.

담임도 바꿔 주시고 안심할 수 있는 학교를 만들어 주세요.

보고서도 계획서도 당장 작성하셔서 학부모 회의에서 모두에게 설명해 주시고요.

물론 마나 부모님도 계신 자리에서요.

어떻게든 하루라도 빨리 고하루가 일상으로 돌아오게 해 주세요.

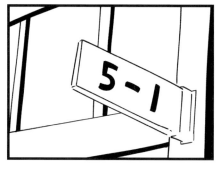

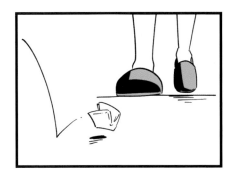

교장 선생님이랑
만나고 왔어.

나중에
학부모 회의를
열어 주실 거야.

거기에서 다른 사람들한테
설명하려고.

고하루가 지금 얼마나
괴로워하고 있는지.

• • •

고하루

교실에서 있잖아.
마나 책상에서
이런 쪽지가 나왔어.

마나가
왕따를 당하고
있더라고.

웃기지?

꼴 좋다 생각이 들더라.

고하루가 괴로워한 만큼

마나도 괴로워야 한대.

우리더러 어떡하라는 걸까?

엄마는 어떻게 해야 좋을지 모르겠어.

고하루

고하루.

고하루

마나를 용서해 주어야 할까?

너는 어떻게 하고 싶어?

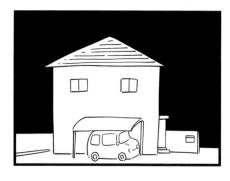

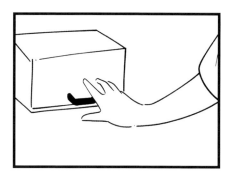

범죄자

살아있는 게 창피하지도 않나?

부모가 잘못 키워서 그래.

너 때문이야.

그만해.

부모가 책임지고 나가 죽어라.

어째서 나한테까지….

마나가 저지른 일인데 마나 잘못이랑 나는 상관없는데.

내 탓이 아니야.

!

철퍼덕

키득 키득 키득

수근 수근 수근 수근 수근

괜찮아?
가위 심하게 눌린 것 같던데.

여기, 물.

여보.
이제 SNS 보지 마.

화면 뒤에 숨어서 자기 마음대로 떠드는 사람들이야.

상대하면 괜히 우리만 지쳐.

분명 거짓 정보도 퍼졌을 테니까.

너무 심한 글은 변호사 상담도 받아볼게.

그러니 당신은 지금은 마나를.

뭐라고? 왜?

130

왜 내가
당연하다는 듯이
마나를 봐야
하는데.

그날 이후로
나도 어떡해야
할지 모르겠다고.

아니,
그 훨씬 전부터
마나가 어떤
애인지 몰랐어.

마나가
지금 왕따를
당하고 있대.

그런데 나는 마나한테
자업자득이라고 했어.

그러고도
내가
엄마인가?

정상이
아니야,
나.

왜 이렇게 됐는지
모르겠어.

그런데
마주하는
것조차 무서워서
도망치기만
한다고.

아무것도
몰라 줘서 미안해….

…

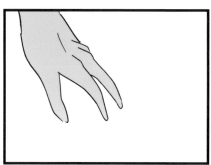

5학년
아카기 마나

성장

제4장

저희 대처가 잘못된 것일까요

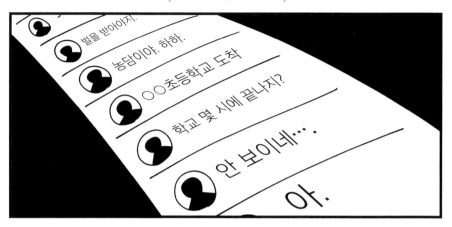

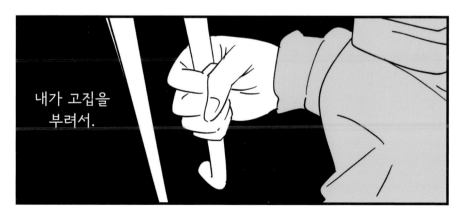

마냐야!

어머님이신가요?

가벼운 찰과상입니다.

뇌에도 이상 없고요.

바로 퇴원하셔도 괜찮을 것 같네요.

네….

다행이다….

어머니.

잠시 밖에서 여쭤볼 게 있습니다.

마나가
귀가하던 길에

누군가
스쿠터를
타고
따라오다가

발로
찼다고
하더군요.

목격자분이
신고를 하셔서
학교에도
연락은
취했습니다.

용의자도
파악은 했는데
이상한 말을
해서요.

'복수'라고
하던데….

짐작되는
일이
있을까요?

없어요.

그렇군요,
실례했습니다.

사실은….

말씀해 주셔서
감사합니다.

또 같은 범행이
벌어질 수도
있으니

당분간은 가급적
마나를 혼자 두지
마시고요.

또 다른 도움이
필요하시면
언제든 연락해
주세요.

최악이다.
정말
최악이야.

인터넷 악플에다가
이제는 직접 찾아오기까지.

마나 어머님.

선생님….

동영상 봤습니다. 인터넷에 달린 악플들도요.

마나가 나쁜 행동을 하기는 했습니다만

그래도 지금은 반성하고 있어요.

실수는 누구나 저지를 수 있습니다.

더욱이 아직 어리니까요.

저는 설사 왕따 가해자라 해도 지켜주고 싶습니다. 고하루의 어머님도 이해해 주시리라 생각하고요….

지금은 마나가 괴롭힘 당하고 있다는 사실을 선생님은 알고 계실까.

선생님.

아니에요…. 신경 써 주셔서 감사합니다.

선생님은 마나 곁에 있어 주세요.

반드시 마나를 지키겠습니다.

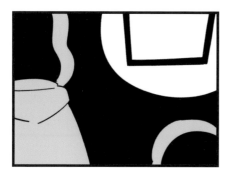

너는 어쩜
걱정이나
끼치고.

학교 끝나고
곧바로 안 오니까
이런 일이 생기지.

걱정했어?

당연하지.

미움받기
싫었어.

친구한테도.

엄마한테도.

그런데

고하루한테
그런 짓까지
했는데도
왜인지는
모르겠는데

친구들이 다
나 싫어해.

착한
아이가
아니라서
미안해.

친구
괴롭혀서
미안해.

엄마도
미안해.

마나 얘기를
들어주지
않아서
미안해.

정말 미안해.

사고가 난
다음 날부터
마나는 당분간
학교를 쉬기로 했다.
나도 잠시
휴가를 받았다.

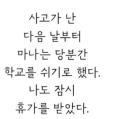

인터넷 악플은
날이 갈수록
정도가 심해졌고,
거짓 정보도
확산되었다.

박으러 갔대. 크큭.

동정할 필요 없음.

잘했네.

쟤 진짜로

자기도
당해 봐야지.

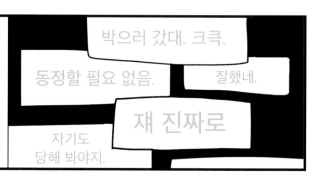

집 주소도 알려졌고
마당에 쓰레기를
버리고 가는
사람도 있었다.

남편 직장에도
장난 전화가
온다는 듯하다.

아카기 씨,
또 전화 왔어.

늘 누군가에게
감시당하는 기분이다.

그런 생활도 한계에
다다르고 있었다.

어느 날 학교에서 연락이 왔다.
왕따 사건으로
학부모 회의에
출석해 주기 바란다면서….

자포자기한 상태로
니는 혼자
학교에 가기로 했다.

마나를
혼자 둘 수 없으니
당신은
집에 있어 줘.

보고서 감사합니다.
상황을 어떻게 인지하고
계시는지는 알겠습니다.

하지만 여기…,
가해자 아동의
심리적 케어 어쩌고
부분이요
이게 필요한가요?

이 부분은
지워주실 수
있을까요?

다들
이런 이야기를
듣고 싶어할 것
같지는 않네요.

다음 주
학부모 회의에
마나 어머님도
오시는 거지요?

그러면 아예 마나도 와서 직접 이야기하는 것은 어떨까요.

사정을 가장 잘 알 테니까요.

어렵나요? 저희는 그렇게 방치했으면서 가해자는 보호해 주시네요.

누구를 지키려고 하시는 건가요?

둘 다라는 그런 번드레한 말은 필요 없고요.

편지 썼어.

누구한테?

고하루한테.
내 마음을
전하고 싶어서.

엄마가
전해줄 수 있어…?

…

마나는
왕따시킨 애가 준
손 편지를
읽고 싶을 것 같아?

마나를 떠올리기조차
싫을지도 몰라.

…

150

고하루에게는 오히려 상처가 될 수도 있어.

그래도 전해주고 싶어?

알겠어….

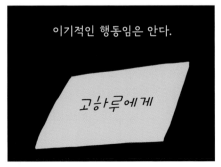

이기적인 행동임은 안다.

고하루에게

읽지도 않고 찢어버릴 수도 있다.

하지만 나는 마나와 함께하기로 했다.

무슨 생각이신 거예요!

이걸 어떻게 주라고요.

반성은 하신 거예요?

그쪽 가족은 이제 다 끝난 일이라는 거죠.

정말 뻔뻔하시네요.

우리는 용서하고 싶고 잊고 싶어도 쉽지 않다고요.

왕따당한 사람 마음 따위는 모르시겠죠.

이해합니다.

하지만 부디 받아 주세요.

부탁드립니다.

알겠으니 이제 돌아가세요!

이딴 거.

부탁드립니다.

마나는
나락으로 떨어져
봐야지.

아카기 마나

안 그러면
고하루가
불쌍하잖아.

다들 그러기를
바라고 있고.

이제 물러설
수 없어.

그 사과를 믿어도 되는 건가요? 어차피 또 같은 일을 저지를 텐데요.

왕따 가해자는 이제 다른 아이들에게 접근하지 못하게 해 주세요. 나쁜 물만 든다고요.

우리 유가 불쌍해요…. 그런 아이랑 같은 반에서 생활했다니…. 얼마나 벌벌 떨면서 지냈을지….

부모로서 인지하지 못했습니까? 그렇게 심한 짓을 저질렀는데도요.

156

가정에서는 대체 어떻게 교육하고 있는 거죠?

입 다물고 있지 말고 무슨 말이라도 해 보지 그래?

아무 말이나 해 봐!

전부 다 제 잘못입니다.

딸아이가 왕따를 시키고 있을 줄은 몰랐습니다.

죄송하고 부끄러우면서도 그 사실을 빨리 잊어버리려고만 했습니다.

딸이 괴롭힘당하는 입장이 되어서야 겨우 사건의 중대성을 깨달은 못난 부모입니다….

잠시만요. 지금 무슨 말씀을 하시는 거예요?

딸이 괴롭힘을 당한다니…, 누구한테요…?

논점 흐트리지 마세요!

잘못한 거 알면
얌전히
나가 주세요.

저희 반에
필요 없다고
말씀드리는 거예요.

아무리 반성한들
고하루네 가족의
상처가 아물 일은 없다고요….
그렇죠?

저는….

여러분들의 아이는

친구를 괴롭히지 않을 거라고 생각하시죠?

지금 무슨 말씀을….

우리 애가 그런 짓을 할 리 없잖아요.

말도 안 되는 소리 하지 마세요.

고하루 어머님, 왜 그러세요. 정신 차리세요.

당신을 위해서 일부러 모인 자리라고요.

잠깐…, 그러고 보니….

전에 그 동영상 누가 찍은 거죠?

같이 괴롭힌 거 아니에요?

우리 애는 핸드폰 없어요.

찍으라고 시켰을 수도 있잖아요.

하지만 알면서도 말리지 않았다면.

그러면 주위에서 웃고 있던 애들 다 알고 있었다는 말이잖아요. 다 공범이라고요.

아무 말 안 하고 보고만 있던 애들도 마찬가지잖아요.

인터넷에 올린 것도 실은 마나를 괴롭히려고 한 거 아닌가요?

표적만 바꿨다는 거예요?

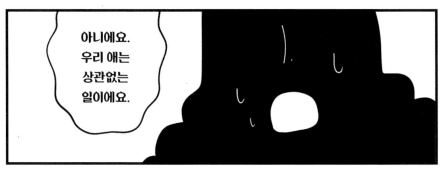

아니에요. 우리 애는 상관없는 일이에요.

딸아,
미안해.

아무래도
엄마가
잘못 생각한 것
같아.

이런다고
변하는 건
없는데.

자, 이 안건에 대한
조사는
나중에 다시….

아, 저런.

고하루가 편지를 봐 버렸다.

읽지 마. 너는 마음이 여려서

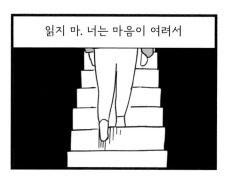

그런 거 읽으면 또 상처받을 텐데.

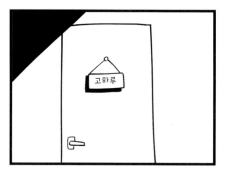

고하루야.

거기 적힌
내용 때문에
마음 바꿀
필요 없어.

용서하지
못해도
그 마음이
잘못된 게
아니란다.

너를
탓하지 말고.

엄마 눈치도
보지 마.

엄마는

아무리
노력해도
용서가
안 되더라.

엄마 혼자
앞서나가서
미안해.

네가 하는 말
제대로
듣지도 않았지.

고하루

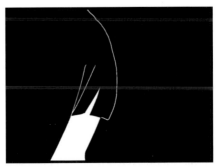

무서웠어.
마나도 같은 반
친구들도.

뭐라도 하고
싶었는데
아무것도
못 했어.

다들 뭐가 재밌다는
건지 모르겠어서.
웃고만 있어야 했어.

나 힘들었어.

미안해, 엄마.
힘들게 해서 미안해.

고마워.

12월 아카기네 집

인터넷 댓글들은
한 달 정도가 지나자
줄어들었다.
용서받은 것은 아니다.
관심이 사그라들었을
뿐이다.

그런데도 개인 정보는 어딘가에 아직 남아있다.
우리 가족을 향한 괴롭힘은 집요하게 지속되었다.

이제 여기서 살아갈 수 없다. 우리는 도망치기로 했다.

슬슬 갈까.

다른 곳으로 도망친들
변하는 것은
없을지도 모른다.

왕따 가해자라는
사실은 변하지 않으니까.

괴롭힘당한 사람의 상처는 사라지지 않으니까.

전해
주셨으려나….

마나는 고하루의 상처를
치유해 줄 수 없다.

죄책감을 안고
살아가야만 한다.

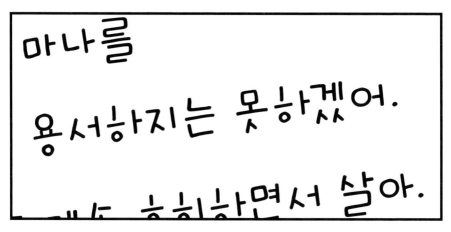

마나를

용서하지는 못하겠어.

~~는 후회하면서 살아.~~

고하루가
용서해 주지
않아도

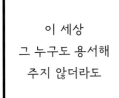

이 세상
그 누구도 용서해
주지 않더라도

혼자 두지는
않을 것이다.

○ 나오며

마지막까지 읽어 주셔서 감사합니다.

처음 기획서를 받았을 때 '자녀가 왕따 사건의 가해자라면 이렇게 대처합시다'라는 방법을 제시하는 것이 아닌, 가나코와 지하루의 심경을 각각의 입장에서 그려내고 싶었습니다.

만화는 부모가 알 수 있는 범위 안에서만 그리고자 했습니다. 구체적으로 어떠한 괴롭힘 행위가 있었는지, 마나와 고하루가 학교에서 어떠한 관계였는지, 5학년 1반 교실에서 무슨 일이 벌어졌는지, 부모의 시선으로는 알 수 없습니다. 아이들의 속마음도 알 수 없습니다. 진실은 당사자밖에 모릅니다. 부모로서 그러한 상황에 닥쳤을 때, 아이를 온전히 믿어줄 수 있을지에 대해 생각하며 그렸습니다.

가해자를 용서할 수 없는 마음, 자녀가 가해자라는 사실을 믿고 싶지 않은 마음, 자신의 아이를 지키고 싶은 마음 등 다양한 감정 속에 등장인물들은 끊임없이 방황합니다. 그리고 결국 제삼자로 인해 아이와 제대로 마주할 기회를 잃어버리는 상황까지 흘러갑니다.

이러한 상황을 마주하게 된다면 어떠한 생각이 들지, 어떻게 행동해야 할지에 대해 생각해 볼 계기가 되기를 바랍니다.

마지막으로 편집자 모리노 씨, 취재에 응해준 '*스톱 이지메! 내비'의 스나가 씨, 아사히 신문의 가나자와 씨, 책을 읽어 주신 여러분께 감사 인사를 전합니다.

2023년 3월 시로야기 슈고

* 아사히 신문에서 운영하는 스마트폰 세대를 위한 웹사이트

표정이 어두운 아이에게
건넬 말은

가나자와 히카리 (아사히 신문 기자)

학교에서 돌아온 아이의 표정이 어둡다면 어떠한 말을 건넬까.

아마 '무슨 일 있었어?'라고 물을 것이다. 이렇다 할 대답이 돌아오지 않는다면 다음 질문은 '무슨 안 좋은 일 있었어?'일 테다. 그다음 질문에서 '누가 괴롭혀?'라고 묻는 부모는 있어도 '누구 괴롭혔어?'라고 묻는 부모는 드물지 않을까.

또 학교 폭력을 초기에 인지하기 위한 슬로건으로 '피해 사실을 고백할 수 있는 환경을 만들자'라는 말은 들어도 '가해 사실을 고백할 수 있는 환경을 만들자'라는 말은 좀처럼 들을 일이 없다.

나 또한 어린 시절 가해자였던 경험도, 피해자였던 경험도 있다. 지난 기억을 떠올려 보면 내가 학교 폭력을 저지르고 있다는 사실을 인지하기도, 나의 행동이 잘못 되었다는 사실을 자각하기도 했다. 그 사실을 일찍이 입에 담을 수 있는지 없는지에 따라 이어지는 상황은 크게 달라질 것이다.

2018년부터 아사히 신문과 *위드 뉴스withnews는 고민하는 10대를 위해 '#withyou'라는 기획 기사를 꾸준히 발행하고 있다. 시로야기 씨는 이 기획의 일환으로 SNS를 통해 사연을 모집하여 '10대 시절 힘들었던 경험'

---

* 아사히 신문에서 운영하는 스마트폰 세대를 위한 웹사이트

이라는 주제로 만화를 그렸다. 학교 폭력을 주제로 한 내용도 있기는 했지만, 가해자의 이야기를 다룬 적은 손꼽힐 정도로 드물다. 더욱이 가해자와 피해자의 부모가 겪고 있는 문제를 다룬 적은 한 번도 없다. 학교 폭력을 이야기할 때 겉으로 드러나기 쉬운 것은 아무래도 피해자의 경험이며 그것이 자연스러운 현상이다. 그렇기에 이 책은 평소 다루기 어려운 '부모', 더욱이 '왕따 가해자의 부모'에게 주목했다는 점에 의의가 있다. 중점적으로 다루어지기 어려운 입장이기도 하고 상상하기조차 어려운 부분이기 때문이다. '그 사람의 입장에서 생각해 보자'라는 메시지가 가장 중요한 부분이 아닐까.

　**문부과학성의 조사에 따르면 2021년 보고된 학교 폭력 인지 건수(초·중·고등학교 및 특수 학교)는 61만 5,351건이었다. 코로나19로 인해 휴교 기간이 있었던 2020년에는 잠시 감소했지만, 해당 연도를 제외하면 학교 폭력은 꾸준히 증가하는 추세다. 학교폭력 인지 건수는 매해 발표되며 그 통계는 뉴스에서도 보도되는 사안이다. 겉으로 드러나는 모든 학교 폭력의 뒤에는 부모를 포함한 많은 사람이 존재하며 다양한 감정 또한 얽혀있다. 직접 연루된 당사자는 물론, 어른들 역시 고통받고 있다.

　아이들의 세계를 어른이 모두 파악할 수는 없고, 모두 파악하려 해서도 안 된다. 하지만 무슨 일이 벌어졌을 때 혹은 무슨 일이 벌어질 것 같을 때, 아이들이 의지할 수 있는 어른에게 SOS를 보낼 수 있는 환경을 최대한 구축해 의지할 수 있게 해야 한다. 이는 학교 폭력 피해자 측뿐만 아니라 학교 폭력 가해자 측도 마찬가지다.

**　대한민국의 과학기술정보통신부, 교육부, 문화체육관광부에 해당하는 일본의 행정 조직

내 딸이 ———— 왕 따
가해자
입니다

초판 인쇄 2024년 4월 10일
초판 발행 2024년 4월 20일

글·그림 시로야기 슈고
옮긴이 정지원
기획 조성근, 권진희, 최미진, 명선효
편집 최미진
아트디렉터 권진희
디자인 진지화, 김지연
마케팅 조성근, 명선효, 이승욱, 왕성석, 노원준, 조성민, 이선민

펴낸이 엄태상
펴낸곳 빈페이지
등록번호 제2022-000159호
등록일자 2022년 11월 30일
주소 서울시 종로구 자하문로 300 시사빌딩
전화 1588-1582
이메일 emptypage01@sisadream.com

ISBN 979-11-93873-00-7 03830